頭が毒入りリンゴになったわかものと王国の話

岩田健太郎・作
土井由紀子・絵

中外医学社

市場に、一つの毒入りリンゴが売られていた。それを見つけたひとりのわかものが、毒入りリンゴと知らずに食べた。

リンゴの毒はわかものの頭をリンゴに変えてしまった。

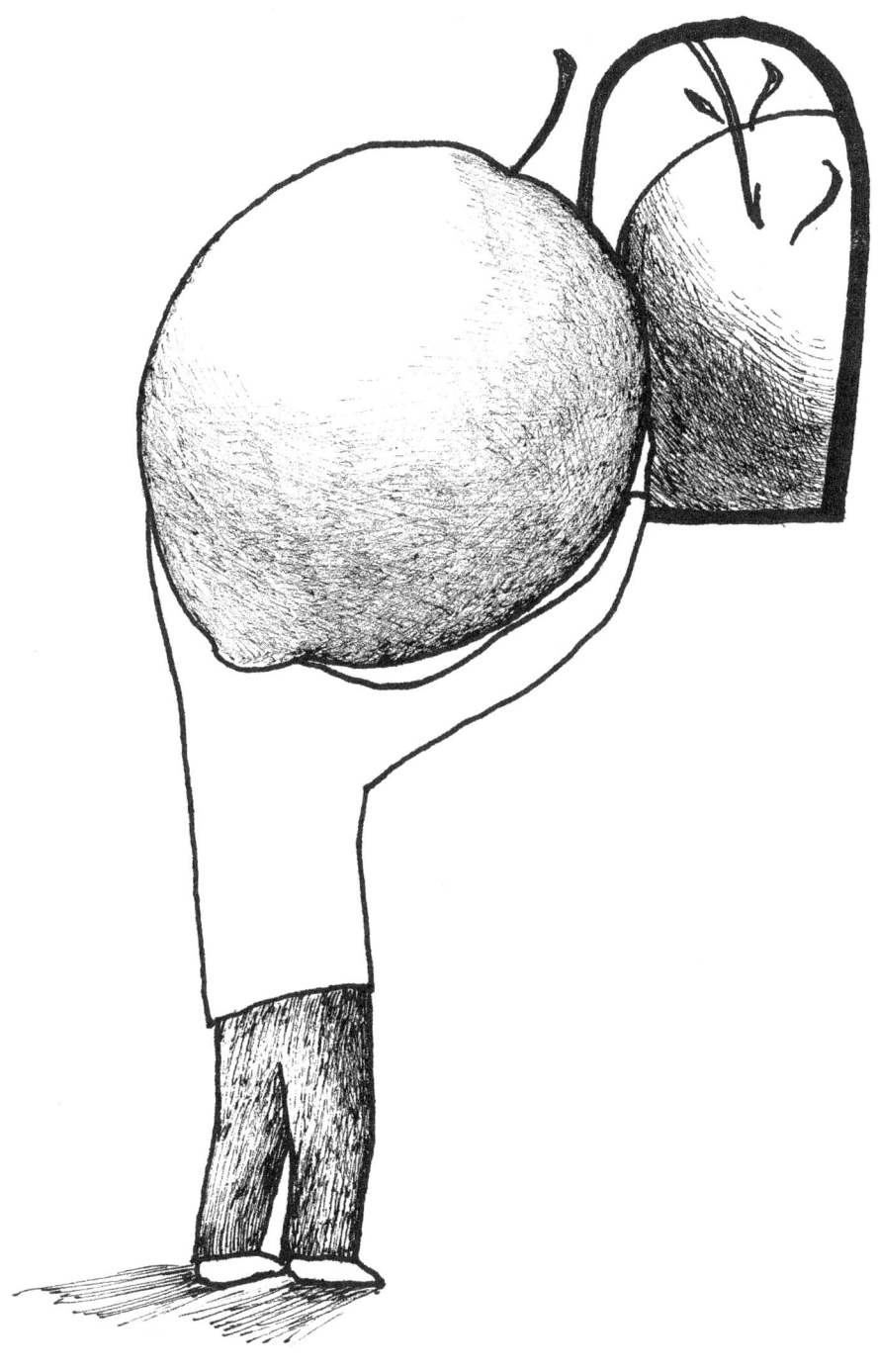

それを見た一人のおじいさんが、リンゴになったわかものの頭をおいしそうにむしゃむしゃ食べてしまった。

すると、このおじいさんの頭もリンゴになった。

おそろしい毒入りリンゴ。たくさんの人の頭がリンゴになってしまい、それを食べた人の頭もまたリンゴになった。

毒入りリンゴのうわさは、ある王国にもつたわってきた。
　王国の王様は、あわてて大臣たちをよんでどうしようか、と相談した。
　第一大臣が大きな声でこういった。

「王様。カイギを開きましょう。こういうときは、カイギを開くものと決まっているのです」
「第一大臣よ、カイギを開いて何を話しあうというのじゃ」
「それを話しあうためにカイギを開くのです。いろいろな人の意見を聞いてからものごとを決めなければなりません。いろいろな人の意見を聞く。これがなにより大事なのです」

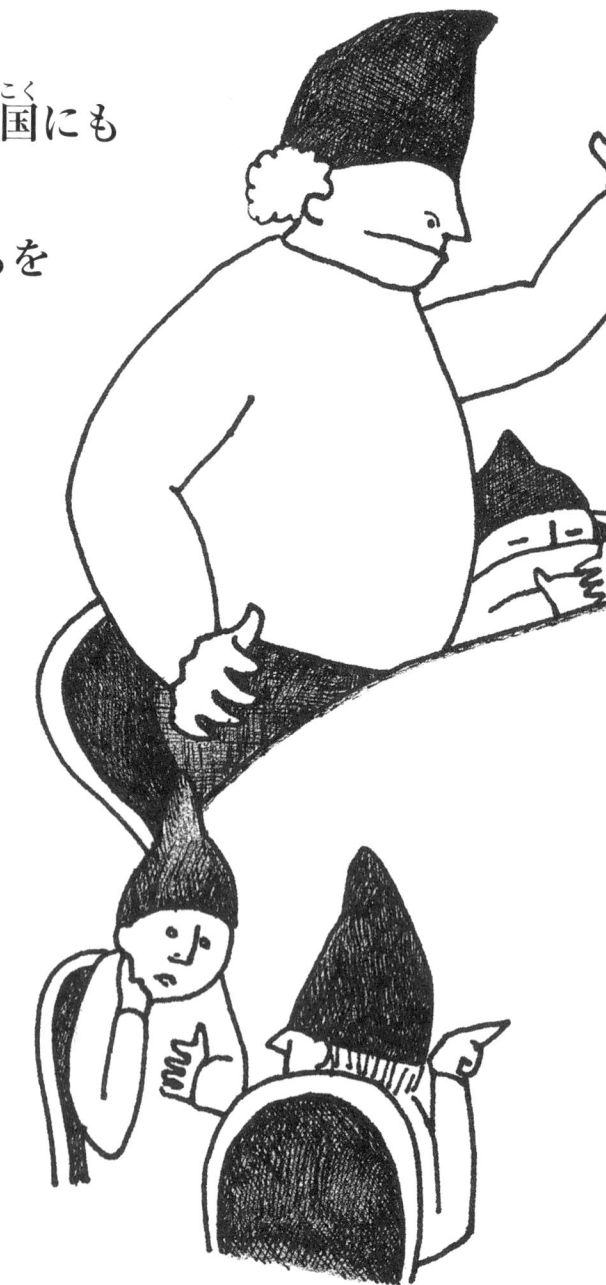

　なるほど、と思い、王様は第一大臣にキンキュウタイサクカイギを開くよう命令した。続けて、第二大臣がたかい声でこういった。

　「王様。センモンカを集めましょう。センモンカは何でも知っています。こういうときは、センモンカの言うことを聞くのがだいじです」

「なるほど、で、毒入りリンゴのセンモンカはどこにいるのだろう」
「私の古い友だちにオレンジのセンモンカがいます。なあに、リンゴもオレンジもにたようなものです。この人にたのんで、センモンカを集めてもらいましょう」
なるほど、と思い、王様は第二大臣にセンモンカを集めなさい、と命令した。

第二大臣はオレンジのセンモンカに相談した。オレンジのセンモンカは、私にまかせなさい、といってバナナとイチゴとキュウリのセンモンカに相談した。実は、リンゴのセンモンカも知っていたのだが、昔から仲が悪かったのでわざと教えるのはやめた。

王様は、他に何をしたらよいだろう、と大臣たちに相談した。第三大臣がひくくて重たい声でこういった。
「王様。くにざかいをけいびしましょう。兵隊をおいて、頭がリンゴの人は国の中に入れないようにすればよいのです。そうすれば王国には毒入りリンゴは入ってきません。これで安心です」

　なるほど、それはいい考えだと王様も他の大臣も思った。さっそく王様は第三大臣に命令して、くにざかいを兵隊でいっぱいにした。頭がリンゴの人を見つけたら国の中に入れないように命令したのである。

毒入りリンゴを食べて頭がリンゴになった人たちは、王国に入れなくなった。けれども、みんなはとても大事なことに気がついていなかった。

　実は、毒入りリンゴは頭だけをリンゴにしてしまうわけではなかったのだ。
　ある子どもは毒入りリンゴを食べて、おへそがリンゴになってしまった。またべつのおじさんはおしりがリンゴになってしまった。リンゴになったおへそやおしりを食べた人もまた、ときには頭がリンゴになり、おへそがリンゴになり、おやゆびがリンゴになった。どのリンゴを食べると、体のどこがリンゴになるのかは、だれにも分からなかった。
　おへそがリンゴになった女の子も、おしりがリンゴになったおじさんも、かんたんに王国に入ることができた。くにざかいの兵隊はみんなリンゴになった頭のことばかり考えていたので、おへそやおしりなんて全然気にしなかった。

　こうして、王国の中は毒入りリンゴでいっぱいになってしまった。

第一大臣たちは今日もタイサクカイギを開いていた。とにかく毎日カイギを開いていた。もう話しあうことがなくなってしまった。仕方がないから、「明日のカイギのお弁当のおかずは何にしよう」と、ソーセージがいい、いやいや肉じゃがはどうだろう、とツバを飛ばしあっていつまでもカイギをやっていた。だれかが、デザートはリンゴにしよう、といったので、ようやくみんな何の話をしていたのか思い出した。

第二大臣は、オレンジのセンモンカに話を聞いていた。オレンジのセンモンカは、くにざかいを兵隊でいっぱいにする作戦をすばらしいとほめていた。これで毒入りリンゴが王国に入ってくることはないだろう、と安心していた。

　そこへ、おへそやおしりがリンゴになった人が王国に入ってきたという知らせがとどいた。オレンジのセンモンカは「そんなことはない。それは何かのまちがいだ」といった。自分の考えとあわないことは、まちがっているに決まっているのだ。

王国のテレビではまいにちまいにち、毒入りリンゴのニュースばかりやっていた。今日は3人の頭が毒入りリンゴになった。ぜんぶで300人になった。まいにちまいにちテレビのニュースで言い続けた。

　テレビでは「ヒョウロンカ」がしゃべっていた。「毒入りリンゴは大変です。今に王国中、毒入りリンゴになった人たちでいっぱいになってしまいます。王様のやり方はだめだ。もっとバッポンテキナタイサクが必要だ」とヒョウロンカはツバを飛ばしながらどなっていた。バッポンテキナタイサクってなあに、とテレビを見ていた子どもが聞いたが、誰にも答えることができなかった。

第一大臣は、まだみんなとカイギをやっていた。
「頭が毒入りリンゴの人たちが町を歩いているのは、あぶないじゃないか。かれらはろうやにとじこめてしまおう」
　だれかがそう言いだした。
「だけど、毒入りリンゴを食べなければ、べつにこわくないのだから、ろうやに入れなくたっていいんじゃないですか」
　と一人がおずおずと手をあげてこう言った。
「何をいうんです。そんな甘いタイサクをとっていて、もし何かがおきたらだれがセキニンをとるつもりなんですか？」

もちろん、だれもセキニンだけはとりたくなかった。セキニンをとれるくらいなら、こんなにみんなで集まってカイギなんて開いたりしないのだった。だれもセキニンをとらなくてよいのが、カイギのよいところだ。
　もし何かがおきたら。だれも「何かって何？」と聞かれてもわからなかったけれど、「何かがおきたら」といわれると、みんなしんぱいになった。

けっきょく、頭が毒入りリンゴになった人たちはみんなつかまって、ろうやに入れられることになった。すぐにろうやはいっぱいになった。ろうやではたらいていた人たちは、急にいそがしくなって、もんくを言った。
　すると、「ヒョウロンカ」が、「王様のやり方はカジョウだ、カジョウハンノウだ」ともんくを言いだした。バッポンテキナタイサクをしろ、とこないだまで言っていたヒョウロンカだった。カジョウハンノウだ、ともんくを言われたので、こまった王様は、頭が毒入りリンゴになった人たちをろうやから出してしまった。
　王様はやさしかったので、もんくを言われることがきらいだったのだ。

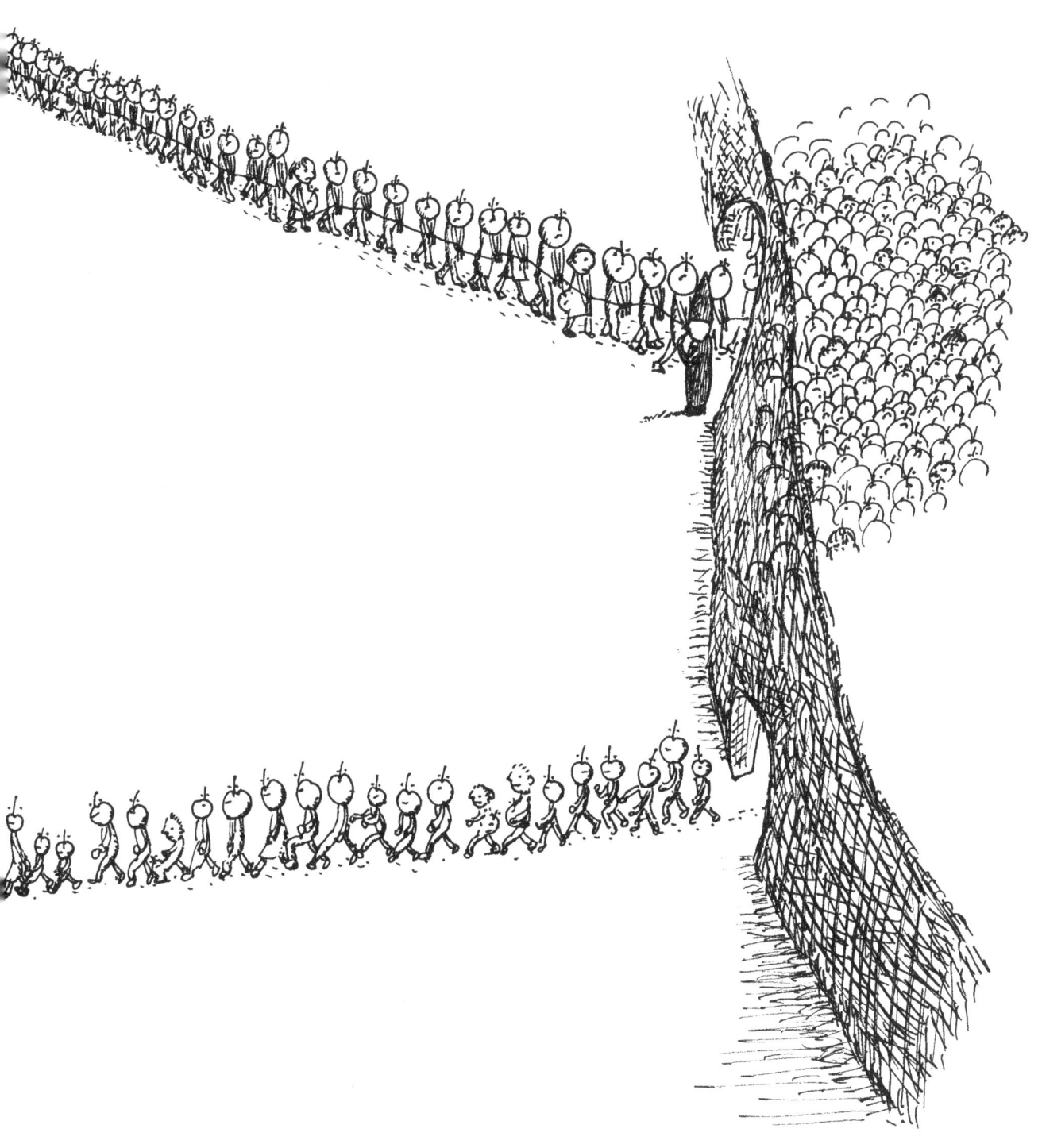

ある日、たいへんなことがおきた。

オレンジのセンモンカとなかが悪い、リンゴのセンモンカがテレビに出て、頭が毒入りリンゴになった人たちをなおす薬を発明したのだ。これを飲めば、毒入りリンゴはとけてなくなってしまうのだ。

頭が毒入りリンゴになった人たちはみんな、この薬を飲んだ。毒入りリンゴは次々ととけていき、中からもとの顔があらわれた。病気はなおったのだ。
　「もっとだ」。うれしくなったリンゴのセンモンカは、エヘンとむねをそらせてこう言った。
　「もっと薬をのませるんだ。頭が毒入りリンゴになった人だけではない。ふつうの人も薬をのむんだ。これがヨボウだ。ヨボウが大切なのだ」

　こうして、王国ではたくさんの薬が作られた。頭が毒入りリンゴになった人たちも、そうでない人たちも、みんなこの薬を飲んだ。王国から、頭が毒入りリンゴになった人たちはいなくなった。

けれども、リンゴのセンモンカはうっかり大切なことに気がついていなかった。この薬を飲むと、フクサヨウが起きるのだ。頭の毒入りリンゴを溶かしてしまうだけでなく、頭そのものもちょっぴり溶かしてしまうのだ。だから、この薬を飲んだ人は、ひどくわすれっぽくなってしまうのだった。

　こうして、王国の人たちはみんな、毒入りリンゴのことをすっかりわすれてしまった。リンゴのセンモンカも薬の作り方をわすれてしまった。自分が薬を作ったことさえわすれてしまった。
　けっきょく、王国は、また昔のような王国にもどった。冬がきて、春がすぎ、夏になって、秋になった。

ある日、頭が毒入りリンゴになったひとりのわかものが王国にやってきた。けれども、もうそのときには王国の人たちはすっかり毒入りリンゴのことをわすれていた。リンゴはとてもおいしそうだったので、とりあえず食べてみよう、ということになった。

　おしまい。

■ あとがき（と保護者の方へのごあいさつ）

　手にとって読んでいただき、感謝しています。どうもありがとうございました。

　僕は感染症という病気をみる医者です。そういう医者が絵本を生まれて初めて書きました。内容は感染症に関するものですが、別に病気にかからない方法を勉強して欲しい、などという「副次的な」効果を狙った学習用の本ではありません。感染症という現象の奇妙さや面白さ、それに対峙する人間の奇妙さや面白さを、純粋に絵本として楽しんでくだされればよいと思います。もっとも作家が「この本はこう読むべきだ」とか規定するのは変なので、各人各様に楽しんでくだされればよいのですが。

　土井由紀子さんにすてきな絵を描いてもらいました。とても感謝しています。医学書の出版社から絵本を出すという前例のあまりない話を通してくださった中外医学社の岩松宏典さんにも感謝です。

2010年　8月の残暑に　　　　　　　　　　　　　　　　　　　　　　　　　　　　岩田健太郎

■ 挿絵について

　今回、私は挿絵を描くのは初めてのことでした。この本を手にしてくださった方に、このおはなしがうまく届くことを願っています。

　ありがとうございました。

土井由紀子

1981年生まれ
2005年　京都市立芸術大学大学院修士課程彫刻専攻修了
　　　　児童館勤務を経て、現在は京都市内小学校にて総合育成支援員として勤務
2007年から「こどもの図画教室 ヤー・チャイカ」主宰（http://yahchaika.exblog.jp/）

頭が毒入りリンゴになったわかものと王国の話 ©

発　行	2010年12月1日　1版1刷
	2020年 5月1日　1版2刷
著　者	岩田健太郎（いわたけんたろう）
発行者	株式会社 中外医学社
	代表取締役　青木　滋
	〒162-0805　東京都新宿区矢来町62
	電　話　　（03）3268-2701（代）
	振替口座　　00190-1-98814番

印刷・製本／三和印刷（株）　　＜HI・KF＞
ISBN978-4-498-04800-3　　Printed in Japan

JCOPY ＜（株）出版者著作権管理機構 委託出版物＞
本書の無断複製は著作権法上での例外を除き禁じられています。複製される場合は、そのつど事前に、（社）出版者著作権管理機構（電話03-5244-5088, FAX 03-5244-5089, e-mail: info@jcopy.or.jp）の許諾を得てください.